Immer wieder Berlin

Acht autobiografische
Erlebnisse 1949 – 1987

„Ohne Berlin mag ich nicht mehr sein.
Könnte sein, dass mich die Stadt nie
wieder los wird."

Nico Hoffmann
Filmproduzent

Verlag: BoD · Books on Demand GmbH,
In de Tarpen 42, 22848 Norderstedt, bod@bod.de
Druck: Libri Plureos GmbH, Friedensallee 273,
22763 Hamburg
ISBN: 978-3-7693-1829-6

Prolog

Ich war zwei Jahre alt, als 1946 meine Familie, von Pölitz/Westpommern, meinem Geburtsort, nach Greifswald/Mecklenburg zwangsumgesiedelt wurde. Fortan galten wir als Vertriebene und mussten uns ein neues Leben aufbauen.

Meine zwei Geschwister und ich verbrachten unsere Kindheit mit vielen Entbehrungen in katastrophalen Wohnverhältnissen. Für mich, die „Große", bedeutete es, jeder Tag war mit Verantwortung und Pflicht ausgefüllt, so dass für Spielen weder Raum noch Zeit blieben und ich mich häufig in Träumereien flüchtete.

In dieser entbehrungsreichen Zeit bescherten mir unterschiedliche Fahrten nach Westberlin einzigartige, märchenhafte und abenteuerliche Erlebnisse, welche mein junges Leben verschönerten und mich in eine Traumwelt flüchten ließen. Außerdem machte ich während der Berlin-Besuche gleichfalls traurige, schmerzliche und beschämende Erfahrungen, mit denen ich lernen musste, zurechtzukommen.

Als Erwachsene zog es mich ebenfalls etliche Male nach
Berlin, so dass auch diese Besuche mit einzigartigen be-
deutungsvollen Erfahrungen mein Leben bereicherten.
Mit den Fahrten im Zeitraum von 1949 bis 1987 ist Berlin
für mich ein Ort geworden, an dem ich lebensprägende
Erfahrungen machte, ohne dort wirklich gelebt zu haben,
sondern stets die Stadt nur für kurze Zeit besuchte.

1949: Schieberfahrt

In den ersten Jahren nach dem Zweiten Weltkrieg versuchten viele Menschen aus dem Osten Deutschlands durch sogenannte Schieberfahrten nach West-Berlin ihre Lebenssituation zu verbessern.

Ab 1948 war Berlin zwar geteilt, in West und Ost, trotzdem pendelten vor dem Mauerbau 63.000 Ostberliner nach West-Berlin, um zu arbeiten, und 10.000 Westberliner in den Ostteil der Stadt. Im Juni desselben Jahres begann die totale Blockade, sie dauerte 322 Tage. Die Amerikaner richteten eine Luftbrücke ein und versorgten die Westberliner mit allen notwendigen Lebensmitteln per Flugzeug. Im Mai 1949 wurde die Blockade aufgehoben und der normale Transport über den Landweg wieder zugelassen. Grund der totalen Blockade war die Einführung der D-Mark. Berlin war nach wie vor besetzt, im Westen von Franzosen, Engländern und Amerikanern, im Osten von Russen, aber unter bestimmten Bedingungen waren die Zugänge in beide Teile noch möglich.

Meine Mutter gehörte auch zu den Menschen, die Schieberfahrten des Öfteren riskierten und die Bestimmungen bewusst überschritten, was zu drastischen Straf-Maßnahmen führen konnte. 200 Zigaretten oder 250 g Tabak, 1Liter Spirituosen, 250g Kaffee, 100g Tee und 200g Schokolade durften von West nach Ost mitgeführt werden. Ganz besonders gerne kauften die „Schieber-Leute" Perlonstrümpfe; denn sie stellten ein sehr begehrtes Objekt da, weil man sie im Osten kaum bekam, oder einen zu hohen Preis bezahlen musste. Natürlich durfte eine kleine Menge des Eigenbedarfs nicht überschritten werden. Jeder hoffte auf sein Glück nicht erwischt zu werden und wendete kleine Tricks an. Ein Teil des Gepäcks platzierten die Grenzgänger gesondert oder überließen es anderen, schon kontrollierten Personen.

Mutter nahm mich gerne auf jene Unternehmungen mit, um ihnen einen harmlosen Eindruck zu verleihen. Im Sommer 1949, ich war noch fünf Jahre alt, machten wir wieder so eine Schieberfahrt, auf die ich mich besonders freute.

Wir besuchten dann für eine Nacht Verwandte, die in Lichterfelde-West in einer großräumigen Villa mit riesigem Garten wohnten. Dort zu sein, erlebte ich immer als einen Ausflug in eine Welt ohne Grenzen. Die Villa besaß viele Zimmer, mehrere Bäder, einen Wintergarten und prallgefüllte Vorratskammern. Besonders liebte ich den Garten mit allerlei bunten Blumen, grünem Rasen und dicken, stattlichen Bäumen.

Mein Zuhause dagegen konnte das alles nicht aufweisen. Wir lebten in zwei Zimmern mit vier Personen hoch oben auf einem Dachboden. Dort lagerte die Hauseigentümerin Getreide, so dass wir jede Nacht gegen Ratten kämpften. Mein Bruder und ich schliefen in einem Bett mit einer Katze am Kopfende, die uns vor den Allesfressern beschützen sollte. Unser einziger Schrank besaß schon keine Rückwand mehr und auch sonst vertilgten sie alles, was sie erreichten, - und sie erreichten eine Menge. Für die Nacht stellte Mutter eine riesige Fuchsfalle auf, und am Morgen hielt sie einen Sack vor die Fallentür, die ich immer öffnen durfte. Voller Spannung beobachtete ich, dass alle Biester aus dem Käfig liefen, manchmal half ich mit einem kleinen Stock nach. Anschließend ertränkte Mutter die bösen Nager in einem großen Eimer mit Wasser. Dieses holten eine andere Familie und wir aus einem rostigen Wasserkran in der Ecke des Dachbodens. Diesem Elend für kurze Zeit entfliehen zu können, löste sicherlich auch meine Freude an Schieberfahrten aus.

Folge dessen verbrachte ich etliche Stunden im bunten Garten der Villa, spielte und phantasierte vor mich hin. Währenddessen erledigte Mutter ihre Einkäufe und kam mit übergewichtigem Gepäck zurück. Die Waren verteilte sie in verschiedene Taschen, auch ich bekam etwas in meine Kindertasche. Zwar kannte ich nie genau den Inhalt, war mir aber sehr wohl bewusst, dass ich ganz besonders auf sie aufpassen musste.

Auf der Rückfahrt sahen wir den Kontrolleuren mit extremer Spannung entgegen, denn alle „Schieberleute" hatten mehr Ware als erlaubt im Gepäck. In unserem Zugabteil saßen außer uns noch ein Herr und drei Damen. Eine der Damen hatte mir freundlicherweise ihren Fensterplatz überlassen. Sofort klemmte ich mein Täschchen zwischen mir und der Zugwand. Interessiert bestaunte ich das emsige Treiben auf dem Bahnhof. Nachdem wir die erste Station hinter uns hatten, klangen schon vom Nachbarabteil die strengen Worte: „Gepäckkontrolle." Ich schaute trotzdem noch andächtig aus dem Fenster. Dann kam auch für uns der gefürchtete Moment. Die Schiebetür öffnete sich, zwei Beamte traten ein und wieder erschallte unerbittlich:

„Gepäckkontrolle". „Ist das ihr Koffer?", fragt ein Beamter mit besonders bösem Blick meine Mutter und zeigt auf einen großen Koffer im Gepäcknetz: „Nein", antwortet sie zaghaft „Ja, was gehört Ihnen dann?", klingt es unwirsch zurück: „Hier", entgegnet Mutter kurz und zeigt auf unsere zwei Reisetaschen. „Öffnen", kommt es ebenso knapp zurück. Mutter wird blass und bei mir kullern die ersten Tränen. Der Beamte wirft einen Blick in die Taschen und mit strenger Miene befiehlt er: „Gepäck aufnehmen und mitkommen!" Ich weine heftiger und folge den Erwachsenen, lasse aber ganz selbstverständlich mein Täschchen am Fenster liegen. Schnell rutscht eine Dame auf den freien Platz und verdeckt meine dick gefüllte Tasche.

Wir folgen den Kontrolleuren in einen besonderen Waggon. Noch zwei weitere Beamte erwarten uns mit bitterernstem Gesichtsausdruck und ich bekomme nun so richtig Angst. „Alles auspacken", fordert einer. Oh, je, was befördert Mutter alles aus unseren Gepäckstücken: Einige Pfunde Kaffee, Kakao, Schokolade, mehr als erlaubte Zigaretten und unzählige Perlonstrümpfe: dies alles bedecken einige Kleidungsstücke. Es entsteht ein scharfer Wortwechsel zwischen den Erwachsenen. Wobei einer der vier Männer ständig auf ein großes Stück Papier Notizen schreibt. Inzwischen gesellt sich eine weitere Frau hinzu. Dies macht mir noch mehr Angst; denn nun bin ich sicher, wir müssen ins Gefängnis, wie immer das auch aussieht. Zur Krönung packt die Beamtin Mutter am Arm und raunzt „Mitkommen!" Ich springe lauthals schreiend hinterher: „Mutti, Mutti, bleib bei mir!" Die Beamten zwingen mich auf einen Stuhl mit dem kurzen Satz: „Deine Mutter kommt wieder!" Eine gefühlte Ewigkeit jammere ich leise vor mich hin, dann erscheint Mutter. Sie hat eine Körperkontrolle hinter sich, legt sofort schützend einen Arm um mich, so dass es mir etwas besser geht. Voller Erwartung schauen wir zu den Beamten, die stehen hinter einem langen Tisch, auf dem unsere ganze Ware ausgebreitet liegt. Sie tuscheln und schauen alle gemeinsam mit einem stechenden Blick zu uns herüber. Plötzlich! Ein Beamter sagt barsch zu Mutter: „Wir haben sie registriert", ich schluchze wieder, der Beamte spricht weiter: „Heute drücken wir die Augen zu, aber beim nächsten Mal droht Ihnen Gefängnis!" „Nein, nein bitte kein Gefängnis!", schreie ich recht laut. Mutter beruhigt mich. „Alles ist gut, ich brauche nicht ins Gefängnis!" Die entscheidenden Worte „beim nächsten Mal" habe ich in meiner Aufregung überhört.

Auf einen Schlag verflogen meine Ängste und es rollten nur noch Glückstränen. Die Beamten beschlagnahmten die gesamten Waren, nichts durften wir behalten, nicht einmal eine klitzekleine Schokolade. Außerdem erhielt Mutter noch eine saftige Geldstrafe, dann durften wir in unser Abteil zurück. Dort erwartete uns in sicherer Obhut meine Tasche. Nachdem die Kontrolleure meine Mutter als großen Fisch an der Angel gehabt hatten, kontrollierten sie die anderen Mitreisenden nicht mehr.

Diese Fahrt endete für meine Mutter zwar ohne Beute, jedoch mit großem Glück, einer Gefängnisstrafe noch einmal entkommen zu sein.

Fünfjährig mit Bruder

1949: Mein Schlaraffenland

Im selben Jahr unternahmen Mutter und ich erneut eine Schieberfahrt nach Westberlin. Diesmal nächtigten wir nicht bei unseren Verwandten in der großartigen Villa mit dem schönen Garten, sondern in Spandau bei einer älteren Dame mit ihrem Sohn. Sie lebten in einer kleinen Zweizimmerwohnung mit Küche, Bad und Balkon in einem riesigen Plattenbau.

Trotz der grauenvollen Zerstörung Berlins durch Bombenangriffe gab es noch ein paar gut erhaltene Unterkünfte. Außerdem wurde dank der über viele Grenzen bekannten „Trümmerfrauen" recht schnell in der Stadt fleißig wieder aufgeräumt und neugebaut.

Bei diesem Besuch tauchte ich in eine Welt ein, wo man wahrscheinlich nur einmal oder auch niemals in seinem Leben hinkommt. Nach Erledigung der üblichen Einkäufe besuchten wir die Dame, bei der wir wohnten, in ihrem kleinen Süßwaren-Lädchen.

Mutter öffnet die Tür und ich betrete eine verzauberte Welt. Mitten im Geschäft bleib ich wie erstarrt stehen. Wo bin ich? Was hält mich so gefangen? Ich fühle mich seltsam, halte kaum das Gefühl aus. Langsam nehme ich die wundersame Welt auf. Vor mir hinter Glas reihen sich Schokoladen an Schokoladen, deren Vielfalt ich nicht erfassen kann, denn sofort daneben ziehen bunte Farben auf dem Ladentisch meinen Blick an. Dort in durchsichtigen Dosen sind rote dicke, blaue runde, gelbe schmale und grüne lange Lutscher und auch noch in anderen Formen und Farben untergebracht, die ich nicht kenne. Auf einem kleinen Hocker vor einer gepunkteten Wand steht ein Riese von Gummi-Bär in Regenbogenfarben. Sachte streichle ich seine Füße; denn der Bär ist viel größer als ich. Meinen Kopf muss ich weit in den Nacken legen, um in sein lächelndes Gesicht zu schauen. An seiner Seite entdecke ich kleine Bärenkinder. Sie spielen mit Luftballons, sitzen auf Schaukeln und im Sandkasten oder fahren Roller. Am liebsten würde ich mitspielen, alles leuchtet in knalligen Farben. Ich weiß nicht wohin mit meiner Freude. Plötzlich fesseln mich Unmengen von Kaugummis in kleinen und großen Päckchen, die in goldenes, silbernes oder grell buntem Papier gehüllt sind. Automatisch bewege ich meine Zähne ohne einen Kaugummi im

Mund und schmecke Erdbeere, Honig, Karamell sowie Lakritz.

Jetzt weiß ich, wo ich bin, ich stehe mitten im „Schlaraffenland"! Im Märchen heißt es: „Es regnet lauter Honig, da fließen Milchbäche, im Winter schneit es Staubzucker, welcher sich mit Feigen, Rosinen und Mandeln vermischt." Natürlich ist dies das Schlaraffenland, was denn sonst, und ich bestaune weiterhin die vielen Leckereien. An einer großen Wand stapeln sich Päckchen mit Plätzchen von oben bis unten, die Schokolade, Nüsse oder bunte Zuckerstreuseln zieren. Im süßen Taumel laufe ich hinter die Ladentheke, greife in Bonbonschubladen und lasse die vielfältige Pracht durch meine Hände gleiten. In einem weiteren Regal lagern kleine Säckchen in ebenso kleinen Handkarren, welche mit rosa-weißem Pfefferminzbruch gefüllt sind. Ich muss meine Nase hin und her bewegen, denn der intensive Duft von Minze zwickt recht ordentlich. Schokoladentaler liegen in offenen Schatztruhen und funkeln golden wie die Sonne. Unter der Decke schwebt eine so große Menge kunterbunter Luftballons, dass ich es nicht schaffe, sie zu zählen.

Meine Aufregung kann ich kaum noch ertragen. Jetzt stehe ich tatsächlich hier, wo ich mich in meiner Fantasie schon so oft befand. Ich bin im „Schlaraffenland".

Einige Kostbarkeiten packte die alte Dame für mich in eine große mehrfarbige Tüte. Als wir nach geraumer Zeit mein Schlaraffenland verließen, kam ich mit der realen Welt nicht zurecht. Die süßen Düfte und die bunte Zauberwelt hielten mich weiterhin gefangen. Um diesen Zustand noch lange zu erhalten, steckte ich zwischendurch meine Nase immer wieder in die gefüllte Tüte, das funktionierte hervorragend.

Noch ganz mit dem Erlebten versponnen, riss Mutter mich in die Wirklichkeit zurück. Sie ging mit mir auf den Balkon und meinte: „Gisela, du musst jetzt stark sein." Wie vom anderen Stern schaute ich sie an und hörte: „Kannst du dir vorstellen hier in Berlin für immer zu leben?" „Ja, ja", antwortete ich, ohne zu überlegen. Natürlich konnte ich es mir vorstellen, hatte ich doch gerade hier in Berlin das Schlaraffenland gefunden, ach, wäre es schön hier zu bleiben! Mutter stellte mir die schwerwiegende Frage, weil meine Eltern zu jener Zeit nicht mehr zusammenlebten, und Mutter mit dem Sohn der alten Dame eine Freundschaft verband, die allerdings nach einiger Zeit endete. Leider zogen wir nicht nach Berlin, dafür verliefen aber die weiteren Schieberfahrten problemlos.

Zu Hause versuchte ich sehr glaubhaft und mit Unterstützung der großen Tüte, Freunde von meinem gefundenen Schlaraffenland zu überzeugen. Bei einigen ist es mir erfolgreich gelungen: Wir saßen hinter einer Hecke, ich verteilte Süßigkeiten von meinem reichhaltigen Schatz, wir schlossen die Augen, ich erzählte vom Zauberland und nahm meine Freunde für einen kurzen Moment dorthin mit. Ich selbst jedoch gelangte niemals wieder in so ein Zauberland.

1950: Alleinfahrt

Im September 1950, zu meinem sechsten Geburtstag, bekam ich eine Einladung von unseren Verwandten in West-Berlin. Für vier Wochen durfte ich in der großen Villa mit dem bunten Garten meinem bescheidenen Leben entfliehen. Diesmal war ich ganz besonders aufgeregt, denn ich sollte erstmals ganz allein fahren. Einige Fahrten hatte ich schon mit meiner Mutter gemacht, aber nun völlig allein, das löste doch eine außergewöhnliche Anspannung aus. Ausgestattet mit einer kleinen Reisetasche zog ich an Mutters Hand zum Bahnhof. Unterwegs redete sie eindringlich auf mich ein: „Sei schön brav, benimm dich ordentlich, sag immer danke und bitte, steig nicht zu früh aus dem Zug, Tante Grete wird dich abholen. Hast du deine Fahrkarte? Verliere sie nicht." Voller Sorge prasselten all die gut gemeinten Ratschläge auf mich ein. Ruhig und besonnen antwortete ich: „Du weißt, ich kenne mich ziemlich gut aus, wir sind doch schon öfter nach Berlin gefahren." Am Bahnhof brachte Mutter mich ins Zugabteil und bat eine fremde Dame, etwas auf mich zu achten. Das Abenteuer begann, es ertönte aus dem Lautsprecher: „Vorsicht am Bahnsteig, der Zug fährt ab!“ Schnell winkte ich noch mal durchs Fenster und dann befand ich mich auf „Alleinfahrt“.

Im Abteil fragten die Leute immer wieder, warum und wohin ich denn allein reisen würde. Nur ungern befriedigte ich die Neugierde. Ich fand es viel spannender, aus dem Fenster zu schauen und an das große Haus mit Garten zu denken; denn diesmal durfte ich ja viele Nächte und nicht nur einmal dort verweilen. Die Zugfahrt verging für mich fast so schnell wie die vorbeifliegende Landschaft. Im Grenzbahnhof Ost-Berlin Schönwalde kamen Kontrolleure und Polizisten in den Zug. Sie staunten über mein Alleinreisen, hüllten sich aber in Schweigen und ruck zuck erledigten sie die Kontrolle. Danach folgte nur noch ein Halt, und eine schöne Zeit konnte beginnen.

Am Bahnhof erwartete mich Tante Grete, eine Schwester von Opa Heldt. Vor dem Bahnhofsgebäude gab‘s gleich die erste Überraschung, wir fuhren mit einer Taxe nach Lichterfelde, für mich die erste Taxifahrt meines Lebens, und ich strahlte stolz. Durchs Fenster bestaunte ich das geschäftige Treiben. Viele Menschen sammelten Steine und andere sortierten und stapelten diese nach Größen. Überall lagen unterschiedliche Steinhaufen, mit denen die Leute arbeiteten. Etlichen Häusern fehlten die Dächer, manchmal standen noch einzelne Wände oder irgendetwas, wobei ich nicht erkennen konnte, was es einmal darstellte. Mutter hatte mir schon erzählt, dass im Krieg Bomben von Flugzeugen gefallen seien, die alles kaputt gemacht hätten. „Aussteigen, wir sind da", riss Tante Grete mich aus meinen Gedanken und ich stand vor der großen Villa, mein Zuhause für die nächsten vier Wochen.

Im Haus begrüßten mich Onkel Horst und Onkel Karl-Heinz, die erwachsenen Söhne von Tante Grete. Beide arbeiteten als Juristen, einer als Staats –, der andere als Rechtsanwalt. Zu diesen Berufsbildern besaß ich noch keine Vorstellungskraft, merkte aber schnell, dass es etwas sehr Wichtiges sein musste. Zur Begrüßung wollten die Onkel mich herzen und küssen, entschieden wehrte ich dies mit einem Satz ab, den ich mein ganzes Leben von der Familie zu hören bekommen sollte. „Ich küsse keine fremden Männer." Noch heute bei bestimmten Feierlichkeiten werde ich gefragt: „Na Gisela, küsst du immer noch keine fremden Männer?"

Onkel Karl-Heinz   Tante Grete   Onkel Horst

Lichterfelde West liegt im Bezirk Steglitz, wo noch viele gut erhaltene alte Häuser, Villen und Dorfkirchen standen, ebenso das einstige Premierenkino, welches in Betrieb war. Ich machte dort meine ersten Kinobesuche: Sah den Film „Liane, das Mädchen aus dem Urwald" mit Marion Michael. Danach fantasierte ich mich selbst viele Abende vor dem Einschlafen in den Urwald und schwang an den Lianen von Baum zu Baum. Den zweiten Film mit Heinz Rühmann „Der brave Soldat Schwejk" verstand ich allerdings erst nach einem nochmaligen Besuch als Erwachsene.

Einen spannenden Ausflug machten wir in den botanischen Garten im Bezirk Dahlem. Dort absolvierten wir einen nicht enden wollenden Fußmarsch; durch Wälder, Wiesen und Felsgruppen mit Gebirgspflanzen. Nachdem wir alle Vegetationszonen dieser Welt durchlaufen hatten, wurde ich sehr müde. Süße, schwere Düfte machten mich schnell wieder munter. Der Rosengarten mit hunderten von verschiedenen Arten verzauberte mich, und die bunte Pracht gefiel mir besonders.

Der Höhepunkt an diesem Ausflug war für mich jedoch der Besuch in einem Café. Sofas und Sessel aus dunkelrotem Leder strahlten Gemütlichkeit aus. Blumen in silbernen Vasen schmückten Eisentische mit Marmorplatten. An den Wänden hingen bunte Plakate und auf dem Boden lagen rotgemusterte dicke Teppiche. In der langen Theke standen so viele verlockende Kuchen, dass ich ewig brauchte, um mich zu entscheiden. Ein Stück

Sahnetorte und ein Streuselteilchen landeten auf meinem Teller. Dazu bekam ich eine große Tasse Schokolade mit einem weißen Berg von Sahne. Was für ein Festtag - echte Sahne! Zu Hause gab es immer Eischnee als Sahneersatz, der natürlich nicht so lecker schmeckte. Im Ledersessel sitzend fühlte ich mich recht groß und mit gerader Haltung bezwang ich meine Kuchenstücke.

Am einem noch sehr warmen Herbstwochenende folgten wir der Aufforderung eines Liedes der Sängerin Conny Froboess: „Pack die Badehose ein und dann ab zum Wannsee!" Tante Grete trug einen Picknickkorb mit vielen leckeren Sachen gefüllt, und wir machten uns auf zum See. Mein Interesse am Baden war nicht sonderlich groß, dass galt viel mehr den Ausflugsschiffen, die in alle Richtungen entschwanden. Gedanklich steuerte ich als Kapitän ein Schiff um die Welt. Tante Grete erkannte meine Sehnsüchte und fragte: „Wollen wir eine Schifffahrt machen?" „Oh ja, prima", antwortete ich, zog mich gleich an und sammelte alle herumliegenden Sachen zusammen. Wir begaben uns zum Bahnhof Wannsee und ich staunte: dort auf dem Wasser lag ein riesiger Wal mit weitaufgerissenem Maul, sein Name: „Moby Dick". Wir gingen geradewegs in das Maul und befanden uns mitten auf dem Ausflugsschiff, welches über die Pfaueninsel zur Glienicker Brücke steuerte. Während der ganzen Fahrt stand ich an der Reling und schaute auf den leichten Wellengang, ich fühlte mich wieder als Kapitän und eroberte erneut die Welt.

Manchmal spielten die Onkel mit mir Fangen oder Verstecken in der großen Villa. In unzähligen Ecken verharrte ich mäuschenstill und freute mich riesig, wenn sie mich nicht fanden. So erlebte ich vier aufregende ereignisreiche Wochen.

Jedoch in mein alleiniges Reich im Garten, wo ich mir im hinteren Teil, etwas überdacht vom Wintergarten, eine eigene Welt geschaffen habe, ziehe ich mich meistens zurück. Der grüne Rasen, mit einer Laubhecke, die rote und gelbe Blätter trägt, sowie von mehreren Tannenbäumchen eingefasst, stellt ein Parkgelände dar. Alte, leere Kisten und bunte Stoffreste bilden meinen Wohnraum. Eine Thermosflasche mit Kakao und Plätzchen vervollständigen meine Wünsche. An diesem Platz kann ich meine Träume ausleben. Ich besuche noch einmal das Schlaraffenland, schwinge mich im Urwald von Liane zu Liane, durchwandere alle Naturregionen dieser Welt, schwelge zwischen Kuchen mit echter Sahne und segle als Kapitän mit Moby Dick von Kontinent zu Kontinent. Dieser Ort ist mein persönliches Traumparadies, es gibt keine Ratten und die Alkoholprobleme vom Vater sind auch weit weg. Hier geht es mir gut.

Zum Abschluss meiner vierwöchigen Traumzeit machten Tante Grete und beide Onkel mit mir noch einen Einkaufsbummel beim Kinderausstatter am Kurfürstendamm. Die Erwachsenen saßen in bequemen Sesseln bei einer Tasse Kaffee und ich probierte unter Anleitung einer netten Dame verschiedene Kleider, Hosen, Blusen, Jacken, Pullis und Schuhe an. Hierbei entschwand ich einmal wieder in eine Märchenwelt. In einem rosa Kleid mit großen goldenen Knöpfen sah ich aus, wie das Sterntaler - Mädchen. Im weißen Blüschen mit Samtschleife und rotem Faltenrock fühlte ich mich wie Rotkäppchen und in einem bunten Rüschenkleid wie eine Prinzessin. Es bereitete mir großen Spaß, für kurze Zeit ein kleiner

Star zu sein. Als stolze Besitzerin vieler schöner Kleidungsstücke verließen wir an diesem Tag mit vollen Papiertüten das Geschäft.

Für die Heimreise erhielt ich noch einen Koffer, da meine Reisetasche natürlich nicht mehr ausreichte. Auf der Rückreise trug ich von Kopf bis Fuß neue Sachen, alles in der Farbe Rot, die für alle Zeiten meine Lieblingsfarbe wurde. Mit einem komischen Gefühl und etwas traurig nahm ich nach vier erlebnisreichen Wochen Abschied von Berlin-Lichterfelde, Tante Grete mit ihren Söhnen und der großen Villa mit dem schönen Garten. Trotzdem fieberte ich meinem Zuhause entgegen; denn in meinem Gepäck befanden sich jede Menge neue Erlebnisse.

Die Rückfahrt trat ich wieder allein an, war natürlich noch viel aufgeregter als auf der Hinreise, denn ich konnte es kaum erwarten, meiner Mutter und den Freunden von meinen aufregenden Wochen zu berichten.

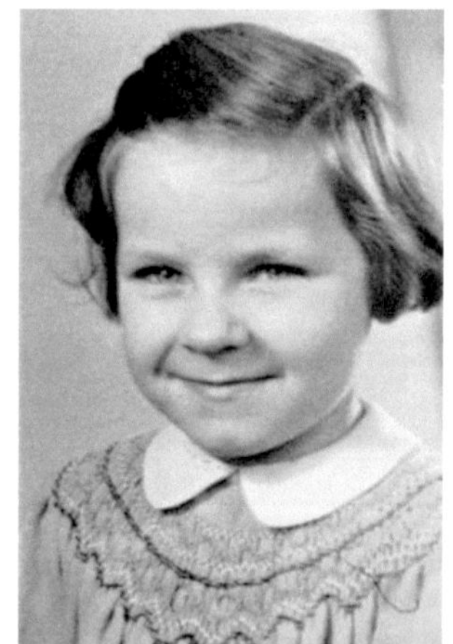

1951: Uroma Ida und die Eistorte

Uroma Ida Heldt, geboren 1872, die Großmutter meines Vaters, lebte in Berlin Lichterfelde bei ihrer Tochter Grete in der großen Villa mit dem schönen Garten. Im Sommer 1951 wurde Uroma Ida sehr krank, so dass sie den Wunsch äußerte, mich, ihre älteste Urenkelin, zu sehen. Für eine Woche fuhren Mutter und ich nach Berlin. Während unserer Reise versuchte Mutter mir zu erklären, wie krank Uroma sei und was Tod bedeute. Ich bemühte mich sehr, alles zu verstehen. Jedoch konnte ich mir mit meinen sechs Jahren unter Tod noch nichts vorstellen.

Offen und fröhlich ging ich direkt nach unserer Ankunft zur Uroma. Etwas beklommen stand ich an ihrem Bett und ganz vorsichtig umarmte und küsste ich sie. Uroma Ida war nie eine sehr große Frau, nun aber wirkte sie besonders klein, zart und zerbrechlich. Ihr Gesicht schimmerte blass und wurde von schlohweißen Haaren eingerahmt. Sie freute sich, mich zu sehen, und ihre hellen, blauen Augen strahlten. Ich glaube, meine Augen strahlten genauso, denn nach Meinung der Familie besaßen wir die gleichen Augen. Direkt blieb ich bei ihr sitzen. Sie hielt meine Hand und ich berichtete ihr zuerst von unserer Reise. Zwischendurch fielen ihr des Öfteren die Augen zu, und wenn ich dann leise verschwinden wollte, drückte sie meine Hand fester und bat mich weiter zu erzählen. Bis zum frühen Abend hatten uns die Erwachsenen allein gelassen, dann kam eine Krankenschwester und kümmerte sich um Uroma.

Für mich blieb noch etwas Zeit, vor dem Abendessen in den Garten zu meinem Traum-Paradies zu flüchten. Zwar bestand nicht mehr die von mir angelegte Ausstattung, jedoch war es immer noch mein Platz mit magischer Kraft und versetzte mich stets wieder in grenzenlose Träume.

Die Nachmittage verbrachte ich regelmäßig bei Uroma Ida. Meistens wollte sie, dass ich ihr etwas erzählte. Ich hatte jede Menge zu berichten:

Vom täglichen Kampf mit den Ratten in unserer Wohnung, vom Schlaraffenland, als ich einen Süßwarenladen besuchte, von unzähligen Träumereien und unserem Alltag. Ganz besonders gefiel ihr meine Prinzen-Träumerei: Sehr häufig vor dem Einschlafen stellte ich mir ein weites, helles Land vor und hoch oben auf einem Schimmel kam ein Prinz mit glitzernder Uniform geritten. Der Prinz hob mich auf sein weißes Pferd und ritt mit mir in das weite, helle Land. Uroma Ida meinte: „Jetzt werde ich auch deinen Traum träumen." Vom Alltagsleben mochte sie die Geschichte des Geldverdienens am liebsten: Meine Mutter arbeitete in einer Fleischerei als Verkäuferin. Damals kauften die Leute noch mit Lebensmittelkarten ein.

Diese besaßen verschiedene Grammeinteilungen, die beim Einkaufen abgeschnitten wurden. Die einzelnen Abschnitte klebte ich wieder nach Mengenangaben auf alte Zeitungen, damit sie bei Behörden vorgelegt werden konnten. Die Klebearbeit war der erste Job meines Lebens, als Lohn erhielt die Familie am Monatsende Fleisch oder Wurst und ich persönlich fünfzig Pfennig. Uroma Ida meinte: „Es wiederholt sich so vieles im Leben." Im Jahre 1878, damals, als sie auch wie ich sechs Jahre alt war, saß sie häufig in einer Schneiderei und half Nähgarne zu ordnen, Stoffreste aufzusammeln und Knöpfe zu sortieren. Das war ihre erste Arbeit. Hin und wieder erhielt sie ein neues Kleidungsstück oder ein paar Münzen. Später erlernte sie sogar den Beruf der Schneiderin. Ich genoss die Nachmittage, wenn Uromas Kraft reichte, um selbst zu erzählen. Sie sprach von Pferdekutschen und Reifrockmoden, auch von gemütlichen Singabenden, wenn die ganze Familie um den warmen Ofen saß und Lieder sang.

Am Tag vor unserer geplanten Abreise entstand bei allen Erwachsenen große Aufregung. Die Krankenschwester erschien schon nach dem Frühstück und gleichzeitig ein Arzt. Tante Grete lief weinend durch die Räume und beide Onkel gingen nicht zur Arbeit. Mutter wischte sich ständig Tränen fort. Ich traute mich kaum bemerkbar zu machen und wusste nicht so recht, was ich machen sollte. Endlich sagte Mutter: „Komm Gisela, wir gehen in den Garten zu deinem Paradies." Wir setzten uns auf eine kleine Bank, Mutter nahm mich in die Arme und meinte: „Uroma Ida ist letzte Nacht gestorben, sie ist jetzt im Himmel." „Wie, im Himmel?", fragte ich ungläubig zurück. „Kann ich sie nicht mehr sehen?", schluchzte leise und langsam kullerten die Tränen. „Du wirst sie sehen", antwortete Mutter, „nur wird sie nicht mehr mit dir reden!" „Aber warum nicht?", staunte ich ratlos, „sie wollte mir noch so viel erzählen." „Es geht nicht", sagte Mutter, „Uroma Ida ist tot." „Nein", ich spürte einen Stachel. Tod, das war der Name. Mit diesem Wort konnte ich nichts anfangen und trotzdem, ich begriff, es bedeutete viel Traurigkeit. Mutter wiegte mich in ihren Armen hin und her und wir weinten leise vor uns hin. Auf einmal bekam mein Traum-Paradies eine neue Bedeutung, wohin ich schaute, es schmerzte und ich wollte nur noch fort.

An jenem Nachmittag ging ich ein letztes Mal zu Uroma Ida. Sie empfing mich mit geschlossenen Augen, gefalteten Händen und mit einem zarten Lächeln auf ihren schmalen Lippen - ich lächelte zurück. Wir sollten die gleichen Lippen haben! – Ich stellte mich an ihr Bett, legte eine Hand auf die ihre und fing an zu erzählen. Nach kurzer Zeit kam Mutter, führte mich sanft fort mit den Worten: „Uroma Ida kann dich nicht mehr hören." Nun geriet ich durcheinander, Uroma konnte nicht mehr mit mir reden und hören konnte sie mich auch nicht. So langsam glaubte ich zu verstehen: Das konnte nur der Tod sein.

Wir verschoben unsere Abreise. Nach einigen Tagen kam die Beerdigung, viele Menschen begleiteten Uroma auf ihrem letzten Weg, und es verging eine lange Zeit, die wir am Grab ausharren mussten; denn jeder wollte seine Anteilnahme ausdrücken. Etwas fand ich trotz aller Traurigkeit besonders schön, die Leute brachten massenhaft bunte Blumen, deren Namen ich nicht alle kannte, als

Geschenk für Uroma Ida, sie hätte sich sehr darüber gefreut. Am Abend gab es im Familienkreis ein Gala Menü mit mehreren Gängen. Von Mutter wusste ich: Zum Nachtisch wird es Eis geben. Mit großer Spannung fieberte ich dem Ende des langen Essen entgegen.

Endlich, eine Hausangestellte serviert das Dessert. Aber was war denn das? Eine mehrstöckige Torte. Meine Enttäuschung kann ich kaum verbergen. Zwar ist es eine besondere Torte, sehr bunt und obenauf thronen Schokoladenblätter. Ich liebe Torten, freue mich jedoch wie verrückt aufs Eis. Ich kann sie nicht aufhalten, ein paar Tränen rollen. Mutter putzt sie lächelnd fort und erklärt: „Du musst nicht traurig sein; denn die große Torte ist das Eis, es ist eine Eistorte." Fassungslos blicke ich zu dem Prunkstück. Das soll Eis sein, wie kann man denn Eis zu einer Torte backen? Den Erklärungen von Mutter höre ich nicht so richtig zu; denn zwei große Stücke Eistorte auf dem Teller brauchen meine ganze Aufmerksamkeit und tatsächlich schmilzt Eis in meinem Mund genauso, wie ich es kenne. Gerne würde ich noch Uroma Ida von diesem besonderen Eis erzählen, aber sie war ja nun im Himmel.

Jedoch meinen Freunden und Verwandten zu Hause erzählte ich ausführlich von der besonderen Torte und dem außergewöhnlichen Eis, was sich als Eistorte herausstellte.

1957: Geheimnis – Kniefall

Die wirklichen Gründe, die zur Flucht unserer Familie im Jahre 1957 von Mecklenburg-Vorpommern nach Westdeutschland über Berlin führten, erfuhr ich nie ausführlich. Uns Kinder erzählte man nur, Mutter komme ins Gefängnis, wenn sie nicht in den Westen fliehe, und das habe etwas mit ihrem Arbeitsbereich zu tun. Leider sprachen wir auch später nie über die genauen Probleme.

Zeitgleich kriselte es zwischen meinen Eltern. Wie schon des Öfteren in der Vergangenheit befanden sie sich in einem sprichwörtlichen Kriegszustand. Wir lebten zwar alle gemeinsam in einer Wohnung, jedoch räumlich getrennt, wobei wir immer das Zimmer vom Vater passieren mussten, was häufig zu fatalen Situationen führte. Vater trank über alle Maßen Alkohol, so dass er meistens betrunken war, dafür den Monatslohn verbrauchte und gegen Mutter und mich handgreiflich wurde. Gleichfalls spotteten meine Schulkameraden über meinen Vater, in welchem Zustand sie ihn oft gesehen hätten. In diesen Momenten schämte ich mich entsetzlich. Wegen des Ausnahmezustandes meiner Eltern erzählte Mutter dem Vater nichts von ihrer Flucht in den

Westen. Ich musste in diesem Zusammenhang einige Dinge für sie erledigen, natürlich unter Geheimhaltung, bis sie am Nachmittag abreiste. Beim Abschied versicherte sie mir, dafür zu sorgen, dass wir Kinder nachkommen könnten. Ich musste Vater die neue Situation erklären, was zu schmerzhaften Diskussionen führte, denn stets meinte er: „Mutter hat euch verlassen und ihr werdet sie nicht wiedersehen."

Nach bangen, aber auch hoffnungsvollen Wochen bekamen wir endlich Nachricht von Mutter. Sie wohnte in Westberlin bei unseren Verwandten in der großen Villa, meinem Traum-Paradies. Wir planten sofort unsere eigene Flucht, wobei Vater sich sehr bemühte, alles richtig zu machen. Mit Hilfe von Familie und Freunden gelang uns die Reise nach Berlin unbeschadet, wo wir wieder überglücklich mit Mutter zusammentrafen. Einige Zeit, bis wir nach Westdeutschland ausgeflogen wurden, wohnten auch wir bei den Familien von Onkel Karl-Heinz und Onkel Horst.

Die Eltern führten über ihre außergewöhnliche Situation und wie es weiter gehen sollte ein Gespräch, bei welchem ich leider ungewollt Zeuge wurde: Als ich im oberen Stock ein Badezimmer verließ, führte der Weg durch das

Schlafzimmer ins Wohnzimmer. Dort stand die Tür einen kleinen Spalt offen und ich blieb wie versteinert stehen. Was ich sehe und höre, verschlägt mir den Atem, ich erstarre. Vater kniet vor Mutter und bettelt: „Bitte Gerda, lass es uns noch mal versuchen. Ich höre mit dem Alkohol auf und sorge immer für euch. Glaub mir, ich werde mich wirklich ändern!" Was Mutter genau antwortet, erreicht meine Ohren überhaupt nicht, es schallt nur: „OK!" Meine Emotionen geraten durcheinander. Ich fühle Wut, Peinlichkeit und Hass, so dass Weiteres von der Aussprache überhaupt nicht bei mir ankommt. Stocksteif bleibe ich stehen, bis meine Eltern den Raum verlassen. Anschließend gehe ich in den Garten zu meinem ehemaligen Traum-Paradies.

Leider war es seit dem Tod von Uroma Ida ein Schmerz-Platz geworden. Auch jetzt konnte ich dort nur sitzen und weinen. All meine schönen Augenblicke, wie fortgeblasen. Ich konnte bloß noch Traurigkeit empfinden und hatte die Fähigkeit für schöne Träume verloren.

Lange Jahre behielt ich das Gehörte für mich. Erst als die kritischen Probleme zwischen meinen Eltern wiederkehrten, erzählte ich Mutter von meinem Berlin-Geheimnis. Aber auch sie berichtete mir ihr Geheimnis: Sie habe es oft bereut, damals nachgegeben zu haben.

Meine wundervollen Erlebnisse und die schönen Träumereien, die mich immer mit Berlin verbanden, waren nun leider ins Gegenteil umgeschlagen. Trotzdem hoffte ich: Zeiten ändern sich und Berlin wird auch für mich wieder schöne Momente bereithalten.

Eltern während ihrer Problemzeit

1972: Moni, Gunther und die Hitparade

Freundschaft hat für mich die gleiche Bedeutung wie in einer Ehe, da es heißt: „In guten und in schlechten Zeiten!" Meine einzige Freundin Monika hatte sich während eines Afrika-Urlaubes in den Country-Sänger Gunther Gabriel verliebt und befand sich in einem Gefühlsdurcheinander. Sie lebte noch mit ihrem Ehemann Horst und zwei Söhnen zusammen. Ihr Vorhaben hieß: alle im Stich lassen, die Ehe beenden und zu dem Sänger nach Berlin ziehen. Wir zwei führten etliche kontroverse Gespräche, in denen ich immer versuchte, sie von ihrem Vorhaben abzubringen. Leider gelang es mir nicht, und so entschloss ich mich, sie wenigstens für ein paar Tage zu begleiten. Ich hatte die Hoffnung, sie vielleicht doch noch umzustimmen.

Im Sommer 1972 machten wir uns per Flugzeug auf den Weg nach Berlin, dort erwartete uns Gunther. Wir wohnten bei ihm, wo ich gleich einen Schock bekam; denn Ordnung und Sauberkeit fehlte in allen Räumen. Während meine Freundin und Gunther sich für die ersten zwei Tage und Nächte in ein Zimmer zurückzogen, versuchte ich, aus Küche und Wohnzimmer akzeptable, ordentliche Räume zu gestalten, dafür entsorgte ich etliche große Plastiktüten mit Müll.

Nach meinem Großreinemachen diskutierten wir drei immer wieder stundenlang und temperamentvoll, wobei Gunther mich beschwor, meiner Freundin das Verlassen ihrer Familie auszureden. Ich versuchte Moni mit rationalen Argumenten zu überzeugen, meine Trümpfe, natürlich ihre beiden Söhne. Es half nichts! Meine Freundin befand sich in einem Ausnahmezustand ihrer Gefühle, so dass ich trotz gegenteiliger Meinung aufrichtig mit ihr fühlte.

Um einmal den Kopf und das Herz freizubekommen, ermöglichte Gunther für uns einen Besuch in der ZDF- Hitparade möglich. Ich empfand es recht prickelnd und aufregend, zwischen den Stars zu stehen und sie so hautnah zu erleben. Während der Veranstaltung befiel mich der Gedanke - vielleicht sieht man mich auch im Fernsehen? Aber gewunken hatte ich nicht. Später, während der Ausstrahlung, kam die Antwort, ich hatte es nicht ins Bild geschafft. Bei diesem Besuch, für mich unvergesslich, der Auftritt des jungen Sängers Jürgen Markus mit seiner vollen, blonden Haarpracht, die er häufig mit einer Hand nach hinten strich. Er sang sein wohl bekanntestes Lied „Eine neue Liebe ist wie ein neues Leben". Der Text des Liedes passte haargenau in unsere Situation, und sofort kehrte die Wirklichkeit zurück.

Von Neuem führten wir etliche aufregende Gespräche, in denen wir uns ständig im Kreis drehten. Um noch klar und sachlich zu bleiben, entfloh ich manches Mal zu einem Alleinspaziergang.

Ich wandere durch graue Straßenschluchten zwischen schmucklosen Häuserblocks und erlebe einen sonderbaren Moment: „Hier könnte ich leben, hier würde ich mich wohlfühlen." Erstaunt bleibe ich stehen und schaue nach allen Seiten. Was ist passiert? Warum habe ich gerade jetzt und hier dieses Empfinden? Eigentlich zieh ich es vor, in einer Kleinstadt oder auf dem Lande zu leben. Ich liebe bunte Blumen, grünen Rasen und Bäume, die je nach Jahreszeit die Farbe ihrer Blätter wechseln. Nichts von alledem umgibt mich im Augenblick und trotzdem: „Hier könnte ich leben, hier würde ich mich wohlfühlen."

Niemals fand ich eine Erklärung für diesen Moment und an keinem anderen Ort ist mir so etwas wieder passiert. Die Frage für diesen besonderen Augenblick blieb unbeantwortet. Nach tagelangen, weiteren endlosen Gesprächen begleitete meine Freundin mich dann doch heimwärts, worüber ich ganz besonders glücklich war. Sie selbst hatte noch keine klare entschiedene Meinung. In ihrer Ehe wucherte ein unheilbares Geschwür: Sie ließ sich scheiden. – Die Söhne lebten bei Moni und ihre Verliebtheit zu Gunther Gabriel erledigte sich nach einiger Zeit.

Nach 58 Jahren sind wir immer noch befreundet!

1977: Wir erobern das Berliner-Nachtleben!

Wir vier Freunde der siebziger Jahre Bernhard, Hans, Monika B. und ich machten nach einer spaßigen Idee Ernst und wollten am verlängerten Wochenende das Westberliner Nachtleben erkunden. Hans besaß ein komfortables Auto, und somit stellte er sich als Fahrerdieser Reise im Jahre 1977 zur Verfügung.

Um auf dem Landweg nach Westberlin zu reisen, benötigte jeder einen gültigen Reisepass, da die DDR damit deutlich machen wollte, dass ihr Staatsgebiet für Bürger der Bundesrepublik Ausland darstellte. Es gab vier Transitstrecken, die in verschiedene Übergänge aufgeteilt waren: für Ausländer, Wessis oder Westberliner mit und ohne Auto, sie alle hatten durchgehende Öffnungszeiten. Wir reisten über Helmstedt/Marienborn ein. Es erfolgte lediglich eine Identitätsprüfung und die Ausstellung eines kostenlosen Transitvisums. Von einer Gepäckkontrolle blieben wir verschont. Über die berühmte AVUS, das Kürzel für „Automobil-Verkehrs und Übungsstraße" gelangten wir nach Westberlin.

Im Hotel am Zoo wohnten wir für das Wochenende und waren mit unserer Wahl sehr zufrieden. Das Haus präsentierte sich picobello sauber, das Frühstück war reichlich und das Personal sehr freundlich. Die Lage des Hotels erwies sich sehr zentral, und wir konnten das Auto für die nächsten Tage in der Garage stehen lassen.

Der Schwerpunkt unseres Besuches: das Nachtleben zu erobern und einen Herrenausstatter zu besuchen. Im Vordergrund stand ein Besuch im Club Romy Haag in Schöneberg. Romy Haag galt in jener Zeit als eine der schönsten und bekanntesten transsexuellen Frauen Deutschlands. Sie erblickte 1951 in Holland das Licht der Welt und schon mit dreiundzwanzig Jahren war sie in Berlin eine erfolgreiche Nachtclubbesitzerin. Viele berühmte Gäste besuchten ihr Kabarett, um nur einige wenige zu benennen: Udo Lindenberg, Freddie Mercury, Mick Jagger und einige mehr. Auch David Bowie verfiel ihrer Schönheit, ging mit ihr 1976 eine Beziehung ein und zog nach Berlin. All diese Informationen besorgte Bernhard für uns, denn er gehörte zum Kreis der Homosexuellen, und somit interessierte ihn ein Besuch im Club von Romy Haag ganz besonders.

Für den großen Abend machten wir uns besonders fein. Bernhard kümmerte sich ausgiebig um mich und schaffte es wieder, aus mir einen gefühlten Star zu machen. Meine Kenntnisse über Schminken und Kleidung bewegten sich eher in einem gut bürgerlichen Rahmen.

Mit leicht feuchten Händen und innerer Anspannung betrat ich den kleinen Club, wo nach meiner Erinnerung nicht mehr als fünfzig, höchstens sechzig Gäste Platz fanden. Ebenfalls löste die Bühne viermal vier Meter groß einige Zweifel in mir aus. Welche Show kann man denn hier wohl abliefern?

Direkt vor der Bühne auf den Fußboden, ungeachtet unserer Kleidung, gesellten wir uns zu anderen Gästen. Bernhard saß vor mir, Hans und Moni nahmen an einem kleinem runden Tisch Platz.

Beim Startschuss für die Show tauchte ich mal wieder in eine Traumwelt ein. Bunte, glitzernde tausendundeine Nacht-Stoffe bildeten mit Federn und blendenden Strasssteinen sowie Perlen ganz außergewöhnliche Kunstwerke. Ein perfektes Makeup machte das Bild komplett und mit großen und kleinen Gesten vervollständigten die Künstler ihre Darbietungen. Die meisten von ihnen absolvierten einen Alleinauftritt in gigantischer Robe, dabei stand die kleine Bühne im richtigen Verhältnis zur Show Der Höhepunkt des Kabaretts war der Auftritt von Romy Haag. Durch einen schmalen Spalt des schweren Samtvorhanges stolziert eine gertenschlanke, große Gestalt in einer glitzernden Robe mit opulenter Boa auf die Bühne. Der Kopf wird von einem hohen Federkranz versteckt und gibt erst ganz langsam das makellose Gesicht frei. Sofort denke ich an das Märchen von Schneewittchen, wo es heißt: „So weiß wie Schnee, so rot wie Blut so schwarzhaarig wie Ebenholz.“ Ihre rauchig-samte Stimme und ihr glamouröses Auftreten machen sie zu einem musikalisch optischen Highlight. Ich bin verzaubert, kralle mich in Bernhards Schultern fest und schüttele ihn ständig hin und her. Er befindet sich anscheinend auch in einer anderen Welt; denn er protestiert nicht gegen diese Schüttelaktion. Am Ende des Kabaretts schminkt sich der brillante einzigartige Star auf der Bühne zu dem Lied ab.: „Das ist mein Leben.“ Bei aller Hochstimmung des Programms werde ich in diesem Moment nachdenklich, es entsteht eine atemberaubende Ruhe, die sich sonderbar, aber trotzdem gut anfühlt. Ein tosender Applaus durchbricht die Stille.

Auf unserem Heimweg zum Hotel versuchten Bernhard und ich immer wieder einige Szenen aus der Show nachzuspielen. Wir befanden uns noch ganz im Taumel des Erlebten, wofür Hans überhaupt kein Verständnis zeigte und uns als albern bezeichnete. Uns war es egal, und noch recht lange vorm Einschlafen beschäftigten wir uns mit den Künstlern und ihren Darbietungen, bis uns der Schlaf für eventuelle Träume übermannte.

Am nächsten Abend stürzten wir vier uns erneut ins Nachtleben; zuerst in eine andere Travestie-Show, die uns aber überhaupt nicht gefiel, danach wechselten wir in eine Groß-Diskothek im Europacenter. Leider herrschte zwischen uns zwei Pärchen eine leichte Verstimmung, aber keiner wusste so recht warum. Das Ergebnis: Wir saßen um vierundzwanzig Uhr schon im Hotelzimmer und fühlten uns ratlos.

Bernhard rauchte noch genüsslich eine Zigarette und meinte: „Das kann doch nicht sein, wir fahren nach Berlin und gehen so früh schlafen." „Du hast Recht, ich find es auch blöd", antwortete ich, besann mich aber gleichzeitig auf einen Zettel mit vielen Ratschlägen eines Freundes, der lange Zeit in Berlin gelebt hatte. „Schau mal", wies ich auf meine Liste „Hier stehen Lokalitäten, die wir erst nach vierundzwanzig Uhr besuchen sollten." Skeptisch fragte Bernhard: „Meinst du wirklich, wir können noch losziehen?" „Natürlich" entgegnete ich: „Erst jammerst du, und nun stellst du alles in Frage." „Also gut", bestätigte er, „machen wir uns wieder ausgehfein." Wir orderten ein Taxi und tauchten abermals in das Nachtleben ein. Es wurde eine besonders kurze Fahrt, da das Lokal, welches wir uns ausgesucht hatten, nur fünfzig Meter um die nächste Ecke vom Hotel entfernt lag. Naja, was soll's, dafür entrichteten wir nur einen geringen Fahrpreis.

Unsere Wahl war eine Schwulenkneipe, und dort begrüßte uns ganz besonders freundlich der oder die Besitzerin, so genau konnte ich es nicht definieren, obwohl sie an diesem Abend elegante Damenkleidung trug. Ihr Aussehen war perfekt von Kopf bis Fuß, auf dem Arm hielt sie einen kleinen weißen Hund mit Schleifchen und bat mich direkt auf ein Getränk an die Bar.

Mit großem Erstaunen entdeckten wir einen Bekannten aus unserer Heimatstadt. Bernhard und er verfielen gleich in ein übliches Überraschungsgespräch: „Du hier? Wie lange bleibst du? Bist du allein? Was machst du hier?“, und so weiter und so fort. Nachdem auch ich meine Neugierde und Verwunderung überstanden hatte, mischte ich mich unter die Tanzenden und gab mich ganz der Musik hin.

Tanzen! Nun befand ich mich in meiner Welt; denn Tanzen bedeutet für mich Freiheit. Niemand schreibt mir vor, was ich zu tun und zu fühlen habe, und ich kann alles mit eigenen Körperbewegungen ausdrücken. Mich nahm wieder einmal ein Glücksgefühl gefangen.

Um acht Uhr in der Frühe verließen wir glücklich den Club, und uns lachte der helle Morgen entgegen. Diesmal absolvierten wir den Weg zum Hotel selbstverständlich zu Fuß. Dort angekommen klopften wir an die Zimmertür von unseren Freunden und weckten sie. Ungläubig staunten sie, als wir von der durchzechten Nacht berichteten. Ihr kurzer Kommentar: „Ganz schön verrückt.“ Ja stimmte, wir fühlten uns schon ein bisschen verrückt, aber super. Viel Zeit zum Palavern blieb nicht; denn um zehn Uhr wollten wir gemeinsam an einer gebuchten Stadtrundfahrt teilnehmen. Wir zwei Nachtschwärmer schafften es mit Duschen und einer ordentlichen Schminkauflage, die Spuren der Nacht zu übertünchen und auch noch gemütlich zu frühstücken.

Danach saßen wir in einem Panoramabus und lauschten den Ausführungen des Reiseleiters. Nach der schlaflosen Nacht war ich wie aufgedreht und gab fast in jedem Stadtteil meine Berlinkenntnisse zum Besten. Ich sang die Lieder: „Es war im Grunewald, im Monat Mai", ebenso: „Da saß ick mit der Emma of de Banke", oder: „Das ist die Berliner Luft, Luft, Luft". Auch gingen mir ein paar Sprüche locker über die Lippen: „Wat denn, wat denn, Sepe soll ick kofen, lieba wasch ick mir nich. Janz Berlin war ene Wolke, nur icke war zu sehn. Lieba bißken mehr, aba dafür wat Jutet."

Dat Jute war dann doch etwas zu viel für Bernhard, ihm machte die schlaflose Nacht zu schaffen und er raunzte mich an: „Mensch, halt bloß mal deinen Mund, soviel

Power kann ich heute nicht ertragen!“ Schweren Herzens fügte ich mich für den Rest der Stadtrundfahrt.

Am Nachmittag besuchten wir einen Herrenausstatter, nun befanden wir uns im Revier von Hans. Man begrüßte uns zuvorkommend, wir nahmen in Ledersesseln Platz und erhielten zur Auswahl Sekt, Kaffee oder Saft. Hans äußerte seine Wünsche, und zwei Herren bemühten sich unter Anleitung des Chefs ihm gerecht zu werden. Auch dort blickte ich mal wieder in eine für mich unbekannte Welt. Einkaufen nur nach Wunsch und Gefallen, ohne aufs Geld zu achten, für mich ein extravagantes Erlebnis und eine besondere Erinnerung, als ich 1950 bei einem Kinderausstatter hier in Berlin eingekleidet wurde.

Genauso eindrucksvoll war, dass auch ich tief in mein eigenes Portemonnaie langte und mir rote Lederstiefel mit hohem Absatz für 250 DM leistete. Sie sind noch heute nach sechsundvierzig Jahren in meinem Besitz, haben ihr modisches Aussehen nicht verloren und erzählen mir oft diese Berliner Geschichte.

Nach den ereignisreichen Tagen begaben wir uns etwas müde auf die Heimfahrt, weshalb uns ein fataler Fehler unterlief. Wir fuhren auf einer Straße stadtauswärts und wunderten uns, als Einzige mit einem West-Auto unterwegs zu sein. In einer Haltebucht entdeckte Hans ein Vopo-Auto und fuhr dorthin, um sich Rat zu holen. Als er nach unserem Weg fragte, raunzten ihn die Beamten sehr barsch und militärisch an, denn wir befanden uns in Richtung Polen, was sich als unverzeihlicher Fehler herausstellte. Aufgrund des Abweichens von einer der vier Transitstrecken sahen die Beamten einen schweren Verstoß gegen das Abkommen und deren Bestimmungen von 1972. Wir bekamen eine Strafe von 20 DM West, mussten dann noch drei bis vier Kilometer in gleicher Richtung fahren, bis zur nächsten Abfahrt ohne Hinweisschilder rechtsrum, sofort wieder scharf links, so dass wir uns dann auf der richtigen Transitstrecke nach Helmstedt/Marienborn befanden. Dort am Grenzübergang erlebten wir die Vopos erstaunlich freundlich. Sie wussten schon von unserem Missgeschick und erklärten lächelnd: „Glück gehabt, in der Regel kostet so ein Vergehen 100 DM und mehr."

Nachdem wir alle Kontrollen und Hindernisse überstanden hatten, alberten wir großspurig über Festnahme und Gefängnis, wobei unsere Fantasie keine Grenzen kannte. Trotzdem war uns wohl bewusst, wie schnell aus Spaß Ernst werden kann, da die Grenzer häufig auch willkürlich handelten. Für uns war dieser kleine Verstoß noch gut ausgegangen.

Bernhard
Gisela

Hans
Monika

1987: Vier Damen – Vier Tage

Die Leidenschaft zum Kartenspielen machte aus uns vier Nachbarinnen einen kleinen Kartenclub. Einmal im Monat trafen wir uns, spielten Canasta und sparten Geld in eine Gemeinschaftskasse. Nachdem eine größere Summe zusammengespielt war, beschlossen wir nach Berlin zu reisen. Im Oktober 1987 starteten wir per Flugzeug ins Abenteuer.

Doris   Helena   Erika   Gisela

Ich hatte mir vorgenommen, nun nach vielen Jahren wieder einen Besuch bei meinen Verwandten in der großen Villa zu machen. Aber zuerst wollten wir „Kartendamen" die geschichtsträchtige Stadt näher kennenlernen.

Es war ein besonders stürmischer Tag, so dass der Flieger heftige Turbulenzen bewältigen musste. Einige Passagiere wechselten ihre Gesichtsfarbe und benötigten Spucktüten. Wir blieben zum Glück davon verschont. Beim Anflug auf Berlin erkannte ich nicht sofort die Teilung der Stadt, dafür überraschte mich eine riesengroße Fläche grüner Wälder, die mir zuvor nie aufgefallen war. Wir landeten auf dem Flugplatz Tegel und fuhren mit einem Bus in zirka dreißig Minuten zum „Hotel am Zoo" auf dem Kurfürstendamm. Da ich schon in der Vergangenheit dort genächtigt und gute Erfahrungen gemacht hatte, entschieden wir uns, hier die nächsten vier Tage zu verbringen. Wir erlebten auch diesmal keine Enttäuschung.

Den Anfang unserer Berlintage bildete ein KaDeWe (Kaufhaus des Westens) Besuch, welches 1907 als eine außergewöhnliche Attraktion eröffnet wurde, im

Zweiten Weltkrieg erheblichen Schaden erlitt und 1956 nach vollständiger Rekonstruktion erneut eröffnet wurde. Bei meinen Besuchen zuvor hatte ich noch kein Interesse an diesem inzwischen sehr bekannten Touristenmagnet. Natürlich war es für uns Frauen eine Pflichtaufgabe, den Einkaufstempel zu besuchen, auch wenn wir nichts kaufen wollten. Direkt steuerten wir die viel gepriesene Delikatessenabteilung an. Was gab es dort nicht alles zu sehen, meine Geschmacksnerven wurden allein nur vom Schauen schon stark angeregt. Mit jedem Buchstaben des Alphabets konnte ich all die Köstlichkeiten benennen. Von Austern bis Zitronengras, es gab alles, was mich als Hobbyköchin glücklich machte. Wegen der gewaltigen Vielfalt konnten wir uns schwer entscheiden. Mit nur klitzekleiner Auswahl bereiteten wir unserem Gaumen eine Freude, und weitere kulinarische Spezialitäten hoben wir uns für einen nächsten Besuch auf.

Nach diesen besonderen Köstlichkeiten machten wir uns auf den Weg ins weltbekannte „Café Kranzler", welches wir nach wenigen Minuten erreichten. Der denkmalgeschützte Bau von 1958 und der ehemalige Glanz hatten schon gelitten, jedoch vermittelten Marmorsäulen, alte Bilder und die Bestuhlung noch ein Stückchen gute alte Zeit. Sicherlich auch zur guten alten Zeit gehörten einige ältere Damen, die ich interessiert beobachtete: Stark geschminkt, retromäßig gekleidet, mit Schmuck behangen wie ein glitzernder Weihnachtsbaum, tranken sie mit gespreiztem kleinen Finger ihren Kaffee. Dazu genossen sie mit langer Spitze eine Zigarette. Bei diesem Anblick tauchten bei mir automatisch Bilder von den Zwanzigerjahren auf.

Ebenfalls gingen meine Gedanken noch in eine andere Zeit, ins Jahr 1950, wo ich in einem Café hier in Berlin als Sechsjährige Kuchen und Kakao mit echter Sahne verspeiste. Obwohl ich inzwischen zur Kaffeetrinkerin geworden war, bestellte ich mir jetzt einen Kakao mit Sahne und fühlte mich sehr wohl in meiner Erinnerung, denn damals war echte Sahne für mich noch etwas Besonderes. Wir vier freuten uns in diesem geschichtsträchtigen Café zu sitzen, und jeder versank in seiner eigenen Gedankenwelt.

Nach der Pause gingen wir erneut ins KaDeWe. Diesmal zogen wir etwas schneller durch die anderen Abteilungen, um bis zum Feierabend einen ungefähren Überblick des einzigartigen Angebots des Kaufhauses zu bekommen. War es der Zeitdruck oder die riesengroße Auswahl? Sehr untypisch für Frauen, stellte sich später heraus, niemand von uns vier kaufte etwas. Irgendwann verkündete eine Stimme aus dem Lautsprecher „Feierabend" und forderte die Kunden auf, das Haus zu verlassen. Wie alle Menschen bewegten auch wir uns zum Ausgang und stellten fest, Doris fehlte. Noch machten wir uns keine Sorgen; denn sie würde bestimmt vor dem Gebäude warten. Weit gefehlt, wir warteten auf sie am Haupteingang und beobachteten währenddessen sehr interessiert die herauseilenden Personen mit gefüllten Tüten. Außerdem bewunderten wir das Portal, ein Jugendstilgitter, welches prächtig in der Abendsonne glänzte. Langsam wich unsere Zuversicht und wir wurden nervös. Der Haupteingang mit dem schönen Tor wurde endgültig geschlossen, und Doris sahen wir immer noch nicht. Was war passiert? Aufmerksam konzentrierten wir uns nun auf die Personalausgänge, inzwischen war schon über eine Stunde vergangen, und wir berieten, was als nächstes zu unternehmen sei. Genau in diesem Moment große Erleichterung, eine aufgebrachte Doris mit hochrotem Kopf kam auf uns zugelaufen.

Sie hatte in dem riesigen Haus nicht auf den Weg geachtet und deshalb auch nicht mehr zum Ausgang gefunden, geriet etwas in Panik und ging deshalb häufig im Kreis. Nach geraumer Zeit erreichte sie den Hauptausgang, nur der war inzwischen geschlossen, und so musste sie einen anderen Weg suchen. Zu ihrer Freude kam ein Wachmann, der sich zwar wunderte, noch jemanden anzutreffen, sie aber sicher zum Seitenausgang führte. Nun waren wir wieder ein komplettes Vierergestirn. Später musste Doris häufig unseren Spott ertragen; denn wir stellten die Aktion unter das Motto „Wer vermisst ein Kind, bitte im Spieleparadies abholen". Bei einem guten Essen im Spreegarten, Uhlandstraße 75, eine typische alte Berliner Adresse, ließen wir den ersten aufregenden Berlintag ausklingen.

Am zweiten Tag besuchten wir zuerst das Europacenter, eine Stadt in der Stadt, wie es sie noch nicht häufig in Europa gab. Auch eine große Besonderheit bedeutete der Weltenbrunnen unmittelbar daneben. Die Anlage bezeichneten die Berliner respektlos „Wasserklops". Unweit entfernt stand die Ruine der Kaiser-Wilhelm-Gedächtniskirche, für diese hatten die Berliner auch einen Spitznamen gefunden: „Hohler Zahn".
Beide Programmpunkte konnten wir zu Fuß vom Hotel aus erreichen. Auf uns machten die meisterlichen Bauwerke großen Eindruck. Leider strahlte die berühmt berüchtigte Bahnhofszene mit der Geschichte der „Christiane F." auf diese Gegend ab. Etliche Gestalten, gezeichnet vom Alkohol und Drogenkonsum, belagerten das Gebiet.
Wir fühlten uns nicht wohl und beschlossen das Schloss Bellevue zu besuchen. Vier Jahre hatten die Aufbauarbeiten gedauert, die meisten Räume waren modern gestaltet, nur der Festsaal wurde restauriert. Zum Abschluss spazierten wir durch den „Englischen Garten", der früher dem Schlosspark angehörte. Hier nervte ich

Helena, Erika und Doris mit meiner Fantasie. Ich versuchte sie theoretisch mit ins 18. Jahrhundert zu nehmen, wo die Damen weiß gepuderte Perücken trugen und mit langen, schweren Reifkleidern gemächlich auf diesen Wegen spazierten. Für den Spaß begleiteten mich die Drei gedanklich in die Kurfürstenzeit und im Handumdrehen wurden aus vier Berliner Touristinnen lustige, alberne Hofdamen.

Unseren dritten Tag widmeten wir ganz der großen Berliner-Stadtrundfahrt in Ost und West. Sehr nachhaltig, beeindruckend und immer wieder Anlass für heftige Diskussionen, löste der Besuch der unsinnigen Mauer von 1961 aus. Viele Geschichten von spektakulären Flucht-Unternehmungen, in denen Menschen versuchten die Grenze zu durchbrechen, waren bekannt.

Wir reihten uns in eine lange Warteschlange ein, stapften ein paar Treppen hoch und warfen einen Blick über die Mauer zum so nahen und doch so fernen anderen Deutschland. Unwohlsein beschlich unsere Gemüter, weil sofort all die Pressemeldungen von misslungenen Fluchtversuchen in unseren Gedanken auftauchten.

Auch die Flucht meiner Familie 1957 keimte in mir auf und versetzte mich in trübe Stimmung.

Im September 1971 unterzeichneten die ehemaligen Besatzungsmächte das Vier-Mächte-Abkommen. Dadurch gab es Erleichterungen im Reise- und Besucherverkehr, somit ermöglichte das Abkommen auch diese West-Ost-Stadtrundfahrt. All diese Informationen gab uns eine nette Reiseleiterin. Mäuschenstill und teilweise sehr nachdenklich lauschten alle Touristen den Ausführungen. Ein besonders ergreifender Moment entstand dann vor dem Schöneberger Rathaus, wo am 26. Juni 1963 J. F. Kennedy den weltweit bekannten Satz: „Ich bin ein Berliner" aussprach.

Ohne Probleme, nur mit einem Kurzstopp von Gesichts- und Ausweiskontrolle, wechselten wir nach Ostberlin. Voller Neid schauten die in der DDR lebenden Bürger auf ihre Hauptstadt, in die alles hineingepumpt wurde, was für die Sanierung an Mitteln zur Verfügung stand. Die restaurierte Staatsoper, das Nikolai-Viertel, der Dom, das Ephraim-Palais, der Gendarmenmarkt und die Museumsinsel,- die Ostberliner Innenstadt präsentierte sich in einem Glanz, dem man auch im Westen Bewunderung zollte.

Obwohl ich schon 1977 den Ost-West-Ausflug unternahm, wurde dieses Unternehmen zu einem ganz neuen, Erlebnis. Jetzt konzentrierte ich mich auf die historischen und kulturellen Sehenswürdigkeiten und kommentierte nicht alles mit albernen Sprüchen.

Zuerst ging's auf die Prachtstraße „Unter den Linden". Der „Große Kurfürst" ließ sie als Verbindung vom Schloss zum Tiergarten anlegen, sie war eine Sackgasse und endete am Brandenburger Tor, wo vom Osten niemand hindurfte, geschweige denn dadurch konnte. Vom Bus aus bewunderten wir den prachtvollen Bau der Oper, diese war im Krieg völlig zerstört und in den 1950er Jahren nach Wiederaufbau als Deutsche Staatsoper eröffnet.

Über die Marx-Engels-Brücke gelangten wir auf die Spree-Insel, die sogenannte Museumsinsel. Dazwischen lag der Berliner Dom, ein pompöses Bauwerk aus der Zeit der Jahrhundertwende. Die Bebauung der Museumsinsel dauerte fast ein ganzes Jahrhundert. Die

Sorgfalt und Meisterleistung mit denen die Bauwerke der Vergangenheit wieder zum Leben erweckt waren, faszinierten uns.

Im Nikolai-Viertel besuchten wir den wirklichen Ursprung Berlins. Kleine Häuser statt Hochbauten, und enge Gassen sind das Markenzeichen des idyllischen Viertels, des ältesten Wohngebiet in Berlin.

Zum Abschluss bestaunten wir den Alexanderplatz, den früheren Treffpunkt der Halbwelt. Heute traf man sich dort am Brunnen der Völkerfreundschaft. Aus dem steril wirkenden Platz war eine Art Visitenkarte der DDR geworden. In das Bild, was die Deutsche Demokratische Republik vermitteln wollte, passte ebenso gut der Fernsehturm, genannt „Telespargel“, das Wahrzeichen Ostberlins. Die „Rache des lieben Gottes“ nannten Westberliner den Turm, es ist Tatsache, dass Sonnenschein auf dem Kugel-Bau des Turms einen merkwürdigen Lichtreflex in Form eines Kreuzes hervorruft. „Falsch“, sagen überzeugte DDR-Bürger, „der Reflex symbolisiert das Plus des Sozialismus.“

Nach der von Kultur und Geschichte vollgestopften Stadtrundfahrt hatten zwei Damen nur einen Wunsch, den Abend mit einem ruhigen, ausgedehnten Essen zu beenden, um über das Erlebte noch etwas zu diskutieren. Nur Doris und ich fühlten uns noch putzmunter und zu neuen Taten bereit. Nachdem wir uns von den zwei getrennt hatten, beschlossen wir beide, noch in die Spielbank zu gehen. Schließlich arbeitete ich schon viele Jahre im Casino und Doris hatte noch nie eins besucht. Nun wollten wir die Gelegenheit nutzen und ich ihr das Spielgeschehen ein wenig erklären. Es blieb tatsächlich beim Erklären, wir riskierten keine einzige Mark, staunten allerdings, wie schnell gewinnen und verlieren beieinander liegen. Weit nach Mitternacht gingen wir beide erst zum Hotel zurück.

Bevor ich einschlief, wanderten meine Gedanken schon zum nächsten Tag. Nach über dreißig Jahren wollte ich zu meinen Verwandten in Lichterfelde mit der großen Villa und dem schönen Garten. Ein klein wenig wurde ich direkt nervös, denn ich wusste, vieles hatte sich verändert; trotzdem wünschte ich mir, schöne Erinnerungen wieder abrufen zu können, und mit diesen Wunschgedanken schlief ich ein.

Am Morgen erzählten Doris und ich während wir frühstücken, unseren zwei Damen nichts von unserem Spielbankbesuch. Warum wir uns so verhielten, hatten wir nicht thematisiert und vorher auch nicht besprochen. Es blieb unser Geheimnis.

Der vierte und letzte Tag trug das Motto „Was jeder möchte." Helena, Erika und Doris machten sich auf den Weg zum Tiergarten. Im Reiseführer stand, das Gebiet mit dem See, den hübschen Uferwegen sowie vielen Cafés und verschlungenen Spazierpfaden sei das Naherholungsgebiet Nummer eins weit und breit. Natürlich wollten meine drei Damen sich über die Aussage ein eigenes Bild verschaffen.

Mein Weg führte mich nun nach Lichterfelde, und schon wurde ich wieder nervös. Die Zeit hatte einiges verändert. Alte Vertraute waren schon in eine andere Welt übergegangen, und mit ihren Nachkommen musste ich mich erst vertraut machen. Nach einer etwas steifen Begrüßung und einem formellen Gespräch war es so weit:

Mein Herzenswunsch sollte sich erfüllen, noch einmal mein Kinder-Traumparadies zu besuchen.

Allein begab ich mich hinter die Villa in den Garten, und die innere Unruhe wurde stärker. Ich setzte mich auf einen abgesägten Baumstumpf und schaute in die Runde. Fehlten auch meine damals zusammengetragenen Einrichtungsgegenstände, so lachten noch die größer gewordene Hecke und die alten, verknöcherten Bäume mich an. Ich erkannte sie wieder und fragte mich, ob sie mich ebenfalls wieder erkannten, schloss die Augen und träumte von meinen wundervollen Kindheitstagen, die ich hier verbrachte und dabei auch einiges fürs Leben lernte. Die Nervosität verschwand und eine wohlige Wärme erfasste mich. Es gelang mir, die traurigen Momente der Vergangenheit auszublenden und den Platz wieder als mein Traumparadies anzunehmen. Es ging mir richtig gut, so dass ich eine gute Stunde die besonders schönen wieder gefundenen Erlebnisse genoss. Diesen Besuch gemacht zu haben, empfinde ich noch heute nach weiteren dreißig Jahren als große Bereicherung meiner Gefühlswelt.

Doris   Gisela   Erika   Helena

Am Abend trafen wir vier wieder zusammen, aßen im Hotelrestaurant ein köstliches Menü und ließen anschließend in der hauseigenen Bar das Unternehmen ausklingen. Uns vier Frauen hatten die vier Tage Berlin sehr gut gefallen, was wir öfters mit einem alkoholischen Getränk bekräftigten. Folge dessen trippelten wir weit nach Mitternacht leicht beschwipst auf unsere Zimmer.

Epilog

Berlin gilt als Weltstadt der Kultur, Medien und Wissenschaften. Sie genießt in unzähligen Bereichen internationalen Ruf und ist somit immer eine Reise wert.

Für mich waren diese acht Besuche in Berlin mit besonderen, prägenden Erlebnissen verbunden. Obwohl ich viele gleichwertige schöne Städte besuchte, wurde Berlin für mich zur persönlichen Schicksalsstadt. Noch des Öfteren reiste ich dorthin und hatte auch stets eine wundervolle Zeit, die sich allerdings immer wie ein großartiges Touristenerlebnis anfühlte. Somit bleibt Deutschlands Hauptstadt für mich auch weiterhinein ein lohnendes Reiseziel, wo ich trotz Veränderungen und neuer Erlebnisse jeweils in meine wegweisenden Erinnerungen eintauchen kann.

Natürlich werde ich auch in der Zukunft immer wieder gerne in diese für mich prägende Stadt reisen, denn ihr habe ich meine größten lebensbereichernden und – intensivierenden Erlebnisse zu verdanken.

Gisela Bormann, 1944 in Pommern geboren.

Das Schreiben ermöglicht mir eine Entdeckungsreise in das Leben meiner Familie, führt zu mir selbst und erhält die Erinnerung erlebter Geschehnisse lebendig.

Seit 2009 besuche ich die Schreibwerkstatt der Volkshochschule Bad Homburg. In allen hier entstandenen Büchern sind Beiträge von mir zu lesen.

Des Weiteren habe ich im Jahr 2024 ein eigenes Buch mit dem Titel: **Himalaya / Einmal ist nicht genug**, bei BoD veröffentlicht.